Les éditions la courte échelle inc.
Montréal • Toronto • Paris

Raymond Plante

Raymond Plante a écrit une quinzaine de livres. La plupart s'adressent aux jeunes. Il écrit aussi pour la télévision. Il a reçu de nombreux prix dont le prix du Conseil des Arts en 1986 et le prix de l'ACELF en 1988 pour *Le roi de rien* paru à la courte échelle. Dans la collection Roman Jeunesse de la courte échelle, il a également publié *Caméra, cinéma, tralala.*

Lise Monette

Née en 1962, Lise Monette a fait des études en orthopédagogie, puis en graphisme. Elle illustre maintenant des livres de littérature jeunesse et certaines pages de magazines comme *Lurelu.* Elle croit que pour pouvoir produire de belles choses, il faut maintenir et son corps et son esprit en forme. Alors, elle ne calcule plus les longueurs de piscine, car elle préfère rester dans les trois pieds avec son petit garçon, là où il y a le plus de jouets.

Véloville est le premier roman qu'elle illustre à la courte échelle.

À Alexandre,
qui roule déjà
et qui lira bientôt

Les éditions la courte échelle inc.
5243, boul. Saint-Laurent
Montréal (Québec) H2T 1S4

Conception graphique:
Derome design inc.

Révision des textes:
Odette Lord

Dépôt légal, 1er trimestre 1989
Bibliothèque nationale du Québec

Données de catalogage avant publication (Canada)

Plante, Raymond, 1947-

    Véloville

    (Premier Roman; PR 8)
    Pour enfants à partir de 7 ans

    ISBN 2-89021-100-2

    I. Monette, Lise, 1962-   . II. Titre.   III. Collection.

PS8581.L36P38 1989   jC843'.54   C88-096623-8
PS9581.L36P38 1989
PZ23.P52Pa 1989

Raymond Plante

Véloville

Illustrations
de Lise Monette

1
La plus belle bicyclette du monde

Le printemps met des chansons dans le bec des petits oiseaux. Mais le printemps n'a pas été inventé que pour les oiseaux. C'est aussi le temps des vélos, des bolos et des yo-yo.

Annie, mon amie, ma cousine Annie, joue au yo-yo depuis toujours. Enfin presque. Je veux surtout dire qu'elle fait plein de tours avec son yo-yo.

Elle exécute la balançoire, l'horloge, le tour du monde et le petit chien qui mord. Elle vient juste de me montrer le petit chien qui mord. Et je le réussis.

Je suis heureux. Heureux comme le printemps. Grand-père a bien raison de dire:

— Paulo, tu es aux petits oiseaux!

Parce que je m'appelle Paulo. Un peu comme grand-père qui lui s'appelle Paul quelque chose. Paul-Émile, je pense. Mais on l'appelle grand-père. C'est plus court.

Oui, je suis aux petits oiseaux. Après le petit chien qui mord, je commence à apprendre le tour du monde.

Je n'ai pas le temps de me

rendre bien loin que la vieille auto de mon oncle Ernest se gare devant la maison.

— Viens ici, Paulo, me lance-t-il. J'ai quelque chose à te montrer.

Il a l'air espiègle de celui qui prépare un tour. Comme un chat, je me méfie. Et puis ma tante Fernande sourit, elle aussi.

Quand mon oncle Ernest et ma tante Fernande sourient en même temps, c'est qu'un événement spécial se prépare. Ils ne s'entendent pas toujours. Je veux dire par là qu'ils ont rarement les mêmes idées en même temps.

Je le sais. J'habite chez eux. Ils m'ont recueilli il y a longtemps. Je n'avais pas encore de mémoire à cette époque-là.

Mon oncle m'a raconté que dans ce temps-là, tous les habitants du village cultivaient des carottes. Saint-Barnabé était alors la capitale de la carotte.

Ce n'est plus le cas. Le maire, qui adore les changements, a transformé le village. Maintenant, Saint-Barnabé est la capitale des automobilistes du dimanche.

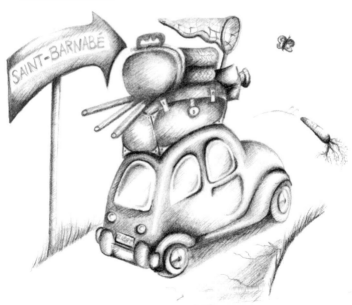

Je m'approche donc de la vieille automobile. Mon oncle ouvre le coffre arrière. Et c'est là qu'elle m'apparaît. Une bicyclette qui ressemble à celle qui roule souvent dans mes rêves. Mon oncle dit:

— Elle appartenait à Jules Beauchemin. Il vient de s'acheter une moto. Maintenant, elle est à toi. Comment la trouves-tu?

Je réponds:

— Formidable.

Je crie aussi:

— Youppi! Merci!

Enfin j'ai un vélo. Le plus beau vélo du monde. C'est mon oncle Ernest et ma tante Fernande qui me l'offrent. Et ce n'est même pas mon anniversaire. C'est un jour de semaine. Un

jour ordinaire. Un jour plein de printemps et d'oiseaux.

J'oublie le yo-yo. Je monte sur mon vélo. Annie est déjà sur le sien. Et grand-père va chercher son vieux vélocipède.

— On fait un tour ensemble? Je vais te montrer comment on pédale quand on veut gagner les plus grandes courses.

Grand-père se vante souvent. Dans sa jeunesse, il a été un champion. Aucun record ne lui

résistait. Depuis, il ne rate pas une occasion de donner une petite leçon.

Un pied sur la pédale droite, un pied sur la pédale gauche, les deux fesses sur le siège et oups! on s'envole pour la gloire avec lui.

Lui aussi, il vit chez mon oncle Ernest et ma tante Fernande. Depuis que grand-maman est morte. La maison est grande. Et ils sont généreux, mon oncle Ernest et ma tante Fernande. Même s'ils ne s'entendent pas toujours.

De mon côté, je m'entends

bien avec Annie, leur fille. Elle a le nez retroussé et son vélo est le mieux décoré de toute l'école.

Mon oncle Ernest me dit:

— Elle n'est pas tout à fait neuve, cette bicyclette-là. Mais je l'ai essayée. Elle roule très bien.

Même si la peinture est légèrement écaillée, même si les pneus sont usés, même si elle a besoin d'huile un peu partout, elle deviendra la plus belle de tout le village.

Je veux dire par là que comme j'aime bricoler, je pourrai la réparer. Je sais qu'Annie va m'aider aussi.

2
Le vélo tordu

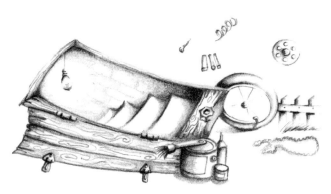

Hier, j'ai pris trois pots de peinture dans la cave. Je les ai mélangés. Et, aujourd'hui, mon vélo est d'un vert si tendre que le gazon est jaloux.

— C'est un vrai vélo du dimanche, dit Annie en faisant tourner ma roue avant.

Elle est fière de son travail. Elle a tressé des banderoles aux rayons de mes roues.

Mais, pour tout vous dire, je n'aime pas tellement les dimanches. Saint-Barnabé, notre petit village, change complètement de figure.

Non, je n'aime pas les dimanches. Le dimanche, notre village fourmille d'automobiles. Il y en a partout. Sur la rue Principale, dans les petites rues, dans les cours, les jardins et même dans les arbres.

Les automobilistes des grandes villes viennent respirer le bon air d'un petit village calme et tranquille. Ils amènent leur famille, leurs amis, parfois leurs voisins et leurs animaux domestiques.

Le dimanche, la moindre rue de Saint-Barnabé résonne de klaxons, de ronronnements de moteurs ou des jurons des conducteurs dont l'automobile tombe en panne.

Je ne parle même pas des gaz d'échappement. Tôt le matin, ils commencent à s'accumuler. S'il ne vente pas, le dimanche s'alourdit et devient gris.

Tout le monde répète:

— Il y a trop d'autos! On va étouffer! Nos arbres vont bientôt grisonner!

Le maire répond:

— Le tourisme, c'est important!

Les conversations vont bon train. Rien ne change. Le plus petit jour de congé voit les automobiles réapparaître.

Peu à peu, le pavé de la rue Principale se détériore. Mais ce n'est rien comparé à l'air que l'on respire et aux bruits que l'on entend.

Comme tous les dimanches, grand-père met sa casquette. Il nous accompagne au parc des Bouleaux. Là, il nous offre une crème glacée. C'est le seul moment où le dimanche devient intéressant.

Annie, grand-père et moi entrons dans le petit kiosque rond et plein de fenêtres.

Grand-père salue tout le monde. Les vieux du village le respectent. Grand-père aime

bien leur raconter des plaisanteries du bon vieux temps.

Annie et moi, nous connais-
sons tout le monde, nous aussi.
Mais ce sont des plaisanteries
d'aujourd'hui que nous racon-
tons.

Jeannot Lanthier, un copain
de ma classe, vient nous parler.

— Tu as une nouvelle bicyclette? me demande-t-il tout
essoufflé.

— Tu veux la voir?

Je sais que Jeannot adore les
vélos.

— Je viens de l'apercevoir,
me répond-il. Elle est...

Du bout du doigt, il me mon-
tre la catastrophe.

Je n'en crois pas mes yeux.

Ma bicyclette est toute tordue au milieu du trottoir. Je ne

pourrai plus jamais m'en servir.

Jeannot a la figure longue comme une bottine. Annie est tellement impressionnée que sa crème glacée fond et lui dégoutte sur les doigts.

C'est alors que je sens monter en moi une colère bleue. Une colère qui ferait peur aux ours polaires et aux ours bruns. Une colère qui ferait même mûrir des bananes vertes.

— J'ai tout vu, me dit Jeannot. C'est un fauchard.

— Un chauffard? corrige grand-père.

— Un tou... tou... bégaie Jeannot.

— Un toutou? questionne Annie. Tu veux dire un ourson?

— Non. Un touriste dans sa grosse auto noire. Il ne s'est

même pas arrêté.

Vraiment, je sens monter en moi une colère tellement bleue que je me mets à pleurer. J'ai tant de peine que ça me fait du bien.

3
Le maire se cache

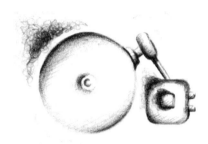

Le maire a beau dire que le tourisme est une chose importante, il ne me connaît pas. Il ne connaît pas Annie non plus.

Lundi, sitôt l'école finie, nous nous rendons à l'hôtel de ville. L'hôtel de ville n'est pas la résidence du maire. Mais c'est là qu'il prend les décisions importantes pour l'avenir de Saint-Barnabé.

C'est là, par exemple, qu'il décide où il ira faire du ski l'hiver et où il transportera son voilier l'été.

À la porte, le chef de police, qui est aussi le seul policier du village, nous demande ce que nous voulons. Je réponds d'une voix ferme:

— Voir le maire.

— Impossible, me réplique-t-il.

— Et pourquoi? demande Annie.

— Il est occupé, dit le policier. Revenez demain.

— Demain, c'est nous qui serons occupés. Il y a de l'école.

Le policier me regarde de travers. Il n'aime pas beaucoup les conversations. Il n'aime surtout pas qu'on lui pose des questions.

— Je vous donne un conseil, marmonne-t-il. Faites de l'air. Monsieur le maire reçoit des invités de marque et je surveille la place pour que personne ne le dérange.

Nous faisons mine de comprendre et de faire de l'air. Mais je me dis que c'est bien lui qui aura l'air fou.

Dès que nous tournons le coin de la rue, je sors un sac en

papier de ma boîte à lunch. Je le gonfle.

Quand il est rond comme un ballon, je l'écrabouille.

Paf!

Un policier doit toujours accourir quand il entend un paf. Le chef de police quitte donc son poste. Pendant ce temps, nous faisons le tour de l'édifice.

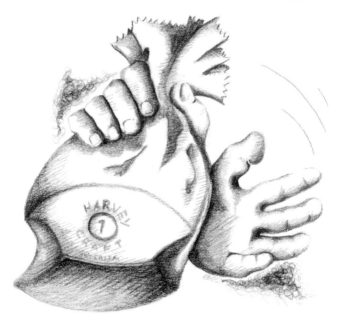

Nous nous glissons dans l'hôtel de ville. Puis nous nous dirigeons vers le bureau du maire.

La porte est lourde comme une porte de prison. Mais derrière, nous entendons des éclats de voix.

Parfois ça rit. Parfois ça parle de golf.

Annie frappe. Ses poings sont

trop petits ou la porte est trop épaisse. On ne nous répond pas.

Alors nous entrons.

Notre maire est dans une grande conversation sérieuse avec le maire du village voisin et M. Bastion, le millionnaire de notre village. En fait, ils sont sérieusement plongés dans une partie de golf.

Le maire, qui a le nez sur un

bâton, ne me voit pas venir. Quand je lui tape sur le bras, il sursaute:

— Qu'est-ce que vous faites ici, vous deux?

— Nous voulons vous rencontrer, répond Annie.

— Je suis trop occupé. Je discute affaires.

Un peu de ma colère bleue qui me revient... Je lui dis:

— Jouer au golf, ce n'est pas des affaires.

Le maire, qui ressemble souvent à un bouledogue, me regarde droit dans les yeux.

— Si je joue au golf, mâchonne-t-il, ce n'est pas vos affaires. Je ne peux pas vous recevoir. Je suis trop occupé. Vous allez me mettre de mauvaise humeur. Déguerpissez tout de suite.

En imaginant ma pauvre bicyclette tordue, je ressens un pincement au coeur. Je poursuis:

— Nous voulons vous proposer quelque chose de super.

— Ce qui est super, c'est votre entêtement, grogne-t-il. Je vais vous écouter à la condition que vous ne me disiez qu'une seule phrase.

Je regarde Annie. Elle hoche la tête. Je tourne sept fois ma langue dans ma bouche et je dis:

— Dans le village, il ne devrait plus y avoir d'autos ni de moteurs, tout le monde devrait rouler à bicyclette.

— À bicyclette? répète le maire comme s'il venait d'avaler son cigare.

La blague doit être bonne. Le maire du village voisin et M. Bastion, le millionnaire, se mettent à rire.

— Et mon usine de pneus ferait faillite, hurle M. Bastion.

— Et il n'y aurait plus de contraventions pour vitesse ou stationnement interdit, enchaîne le maire du village voisin.

— C'est idiot, conclut notre maire. Allez jouer dehors et laissez-nous à notre conversation sérieuse.

Annie me tire par la manche. Elle comprend que ce n'est pas le moment de discuter. Avant de faire demi-tour, je crie quand même:

— Puisque c'est comme ça, on ne vous dérangera pas. Mais je vais le dire à tout le monde que vous jouez au golf dans votre bureau.

Le maire devient jaune moutarde. Il voudrait me transformer en hamburger. Il dit que je suis un monstre.

Annie et moi filons comme le policier revient.

Nous ne sommes pas contents. Tout cela ne me rend pas ma belle bicyclette. Je dois encore rouler sur mon ancien vélo qui a oublié que je grandis.

4
Les deux bosses

Le lendemain matin, Annie et moi décidons de nous rendre à la maison de notre maire. Quand nous arrivons, il monte déjà dans sa grosse automobile couleur chameau.

Au volant, le maire parle tout seul. Il doit chercher des idées nouvelles.

Il est pressé. Il roule vite. Il ne voit pas l'énorme bosse qui l'attend au milieu de la rue Principale.

Une auto, ce n'est pas un crapaud, ça ne fait pas de sauts.

Et bang! L'auto cahote. Le maire rebondit et se fracasse la tête contre le toit de son véhicule. Il fait un effort pour ne pas hurler.

Le temps de le dire, une foule se rassemble autour de l'accidenté qui entend des carillons.

— Ce n'est rien, répète le vieux bouledogue en secouant la tête.

Ce n'est pas rien. Annie, comme moi et tous les autres, nous voyons une énorme bosse gonfler sur le crâne du bonhomme. Ça tient du volcan et du tremblement de terre.

Le maire n'a plus beaucoup

de cheveux. Il ne peut pas dissi-
muler cette enflure. Elle passe
du rouge au bleu, puis du bleu
au violet cerné de jaune.

Finalement, le chef de police
arrive sur les lieux. Il demande:

— Votre Honneur veut-il
que je le conduise?

— Merci, Chef, répond le
maire.

— Vous voulez poursuivre
votre route à pied? s'étonne le
policier.

— Non. Ce jeune homme va
me prêter sa bicyclette.

Voilà ce qu'il dit, le maire, en
me montrant du doigt. Et il
monte sur mon vieux vélo. Je
pense:

«Ça y est, il est fou!»

Et j'ai peur. Comme les autres, je retiens mon souffle.

Sait-il encore maîtriser une bicyclette sans se faire d'autres bosses un peu partout?

Pour nous rassurer, le policier chuchote:

— Aller à bicyclette, c'est comme nager. Ça ne s'oublie pas.

Il a raison.

En pleine rue Principale, les jambes largement écartées pour

ne pas se cogner les genoux contre les guidons, le maire se met à rouler.

Arrivé devant son hôtel de ville, il prononce un étonnant discours sur le danger des autos puantes et sur les bienfaits de la bicyclette. Voilà!

5
La fortune
de grand-père

Depuis le célèbre jour des
deux bosses, tous les villageois
se promènent à bicyclette.

Ceux qui n'ont jamais fait de
vélo doivent apprendre. C'est
parfois drôle de voir un gamin
courir à côté de la bicyclette
pilotée par son père. Le vélo va
à gauche, à droite... en évite un
autre. Et paf! sur un poteau.

Parfois, il faut fermer les

yeux.

S'il y avait encore des autos ici, ça deviendrait dangereux.

Sur son vélocipède, grand-père n'arrête pas de distribuer des conseils. Aux vieux, aux jeunes, à tout le monde.

M. Bastion, le millionnaire, lui demande même de lui apprendre quelques trucs acrobatiques. Il l'invite aussi à donner des leçons privées à sa femme.

Grand-père admet que cela lui rapporte une petite fortune.

Le maire roule aussi. Il a un vélo plein de banderoles multicolores. Et sa bosse se porte bien.

Depuis qu'il a décidé que nous serions le village des bicyclettes, il a pris deux autres grandes décisions.

Premièrement, Saint-Barnabé ne s'appelle plus Saint-Barnabé, mais Véloville.

Deuxièmement, il promet que la grande foire de la bicyclette se tiendra à Véloville. Et elle s'ouvre déjà.

6
La foire aux vélos

Sur la Grande Place, le cirque a installé son chapiteau.

Autour de lui, on y retrouve des stands où les compagnies qui fabriquent les bicyclettes exposent leurs nouveaux produits.

— Tout nouveau, tout beau, claironne grand-père qui n'échangerait son vélocipède pour rien au monde.

C'est dimanche. Sans les autos, je trouve que les dimanches sont maintenant plus joyeux.

Sous le chapiteau, le spectacle commence.

Sur un tout petit vélo, le clown le plus grand du monde a le nez entre les chevilles. Mon oncle Ernest s'esclaffe.

Après le numéro des ours, un groupe de quinze Chinois montent sur la même bicyclette. Cela me rappelle le Cirque du Soleil.

Finalement, le clou de la soirée, c'est l'incroyable spectacle de Télesphore Duvert.

Télesphore Duvert n'a rien d'un acrobate, d'un équilibriste ou d'un magicien. Télesphore Duvert est un mangeur de bicyclettes.

On nous le présente comme «l'homme à l'estomac d'acier». Sous nos yeux, Télesphore Duvert va déguster un bon vélo de grosseur moyenne.

Avec l'aide d'un tournevis et de diverses clés, il se met à démonter tranquillement sa pauvre victime. Nous retenons notre souffle. C'est incroyable!

Chaque fois que le mangeur-vedette dégage un boulon, il le gobe sans le mâcher.

Pour les morceaux plus gros comme les roues et le cadre, Télesphore Duvert utilise une

scie à métaux. Il blague avec un grand sourire pour l'assistance qui reste bouche bée:

— Je me sers d'une scie parce que je suis poli. Il ne faut jamais avoir la bouche pleine en public. Il y a déjà assez que je mange avec mes doigts.

Toujours d'excellente humeur, Télesphore avale toutes les pièces de son vélo en s'essuyant la bouche entre chaque bouchée.

Il admet que la selle reste le morceau le plus tendre et que le pédalier lui cause parfois des brûlures d'estomac.

Les boyaux ne lui donnent pas de fil à retordre. Il s'amuse à les étirer hors de sa bouche comme on le fait avec de la gomme.

— Il a un truc, me chuchote Annie.

— Peut-être, mais je ne peux pas le trouver.

Bientôt, il ne reste plus que le guidon. Télesphore l'a conservé pour le dessert.

En se léchant les babines comme s'il caressait une pièce de choix, il déclare:

— Il ne faut jamais tailler le guidon. C'est la crème du vélo et ça s'avale tout seul.

D'un mouvement solennel, il fait pénétrer l'appareil dans sa bouche. On dirait un simple morceau de réglisse tordu.

C'est là que se produit le hic. Le hic d'un hoquet! Un hoquet qui secoue Télesphore Duvert à un rythme de plus en plus rapide.

Le public retient son souffle.

— Télesphore aurait dû boire en mangeant, dit mon oncle Ernest à la ronde.

Monsieur le maire réplique:

— Et la rouille, alors? Il n'y a rien de pire pour la digestion.

Mais ce n'est pas tout. Le guidon-dessert n'a pas dit son dernier mot. Le voilà qui ressort doucement par les oreilles d'un Télesphore Duvert hoquetant de plus belle.

Le mangeur de bicyclettes ressemble bientôt à un orignal ahuri sous un tonnerre d'applaudissements.

7
Le nouveau vélo

Sur le chemin du retour, les commentaires sont nombreux.

Annie et moi sommes d'avis que Télesphore Duvert a été déjoué par ce guidon récalcitrant.

Grand-père n'a pas d'opinion. Dans sa vie, il a vu tellement d'événements étranges, qu'il n'ose pas se prononcer.

Pour mon oncle Ernest et ma tante Fernande, tout a été

soigneusement planifié.

— C'était un spectacle! Télesphore Duvert est un artiste génial, dit ma tante.

— Pourtant il a été très étonné d'attraper le hoquet, souligne Annie.

Et moi, j'ajoute:

— C'était écrit dans ses yeux, ma tante. Il ne comprenait pas ce qui se passait.

Mon oncle Ernest devient très sérieux. Il dit:

— Il ne faut pas croire tout ce que tu vois ou entends, mon Paulo. Télesphore Duvert est un professionnel, une sorte de grand magicien.

Il m'ébouriffe les cheveux avant de conclure:

— C'est la marque des vedettes. Si tu veux l'imiter un jour, tu as encore bien des pédales à manger.

Tout le monde trouve mon oncle Ernest très drôle.

Moi, je ne réplique pas. J'écoute plutôt grand-père qui me prend par le bras.

— Tu sais, Paulo, les cours de vélo me rapportent une petite fortune. C'est fou, une fortune, quand on n'en fait rien.

Je ne comprends pas où il veut en venir. Il conclut:

— Demain, tu viendras te choisir une belle bicyclette neuve. C'est moi qui te l'offre. Après tout, c'est un peu grâce à toi que nous roulons tous à bicyclette.

Grand-père est fou. Est-ce que je dois croire tout ce que j'entends?

En allant choisir ma nouvelle bicyclette, Annie, grand-père et moi avons croisé monsieur le maire.

Il n'a pas pris le temps de nous saluer. Il tentait seulement de freiner sa bicyclette à voile dernier cri. Celle qu'il s'était fait faire sur mesure lors de la foire aux vélos.

Le chef de police essayait de l'attraper. Et grand-père a conclu: «À Véloville, on n'a pas fini de s'amuser.»

Table des matières

Achevé d'imprimer
sur les presses des Ateliers des Sourds Montréal (1978) inc.
1er trimestre 1989